歌集

聖木立以後

橋本喜典

角川書店

聖木立以後　目次

Ⅰ　二〇一八（平成三十）年三月～十二月

装幀　南　一夫

橋本喜典歌集　聖木立以後

Ⅰ

二〇一八（平成三十）年三月〜十二月

わが眼

七十年いのちのごとく愛《を》しみ来し「まひる
野」も読みがたき眼となりぬる

お茶碗の白飯《しらいひ》ひと粒ひと粒の見えぬをあやし
み箸をうごかす

妻に手をとられてゆけばとぼとぼと杖つく婦
人とすれ違ひたり

風はそこに在るのかそこを過ぎるのか三月の
葉がしづかにふるふ

ぼんやりと庭を見てゐるやうなれどぼんやり
に添ふ虚無の感覚

大空の下なる点の存在に光あつまり影はみじかし

徐々に眼が見えずなりゆく体験の　さうい
ま　途上なのだ確かに

かーてんの裾とあるのをふーてんの寅と読み
たるわが眼讃へむ

かなしき玩具

パソコンに大きな文字を浮かばせて眼を見開いて歌を詠みをり

趣味ならぬ歌を詠むわれパソコンは老いて放
せぬかなしき玩具

ディスプレイをワイドに換へて歌を詠む第一
日目妻がよろこぶ

いまは亡き友に貰ひしステッキに頼りてぞゆ
く花のかなたへ

老人ホーム花かげの道は小暗くてあかるき方
へ引き返したり

気づきしを心にふかく沁ませゆく道程《みちのり》は歌を
成しゆく時間

ひらくにはあと二三日そよ風のなかなる菖蒲
気品の直立

花菖蒲いまさかりなるむらさきのおのづ垂れ
ゐる花びらの線

余情

かの昭和戦後に歌を詠み初めし世代にわれは
みづからを置く

余情といふ大空間をいにしへの歌びとはことばに発見せり

けふは歌ができなかつたと思ひたるその瞬間に歌ごころ湧く

眼とづれば見たきものみな見えるのに開けば
見えぬ眼を自覚する

春の海奏でし宮城道雄氏は夜行列車ゆ落ちて
死にましき

大空の下に立つ木は高き木も低きも親しむそ
れぞれの天

屋久杉の線香かをる仏壇に変らぬ笑みにいま
すちちはは

見えぬ眼の歌集校正幾たびも庭のみどりを眼
に沁みこます

あなおもしろ（古語拾遺）

久々に車に行けば見えぬ眼におぼろカラーの
町が流るる

水無月の雲遠くありこの町に宮川医院なしパン屋清開堂なし

わが胸に聴診器当てくれし宮川君少年の日の面差し見せて

少年われの育ちたる町「竹馬やいろはにほへ
と」みな死ににけり

蕗の葉が幾重にもいくへにもたたまれて北の
大地の香りを包む

青空にゆつたりとある雲を見て永遠《とは》の憩ひと
いふを思へり

青春　朱夏　白秋　玄冬　いまわれはどこに
ゐるのかわからなくなりぬ

あなおもしろ　あなさやけ　おけ　天地《あめつち》の真
只中に老い痴れてあれ

近づかむため

酸素ボンベ友の会名誉会長桂歌丸死にましにけり

会長は私・会員無

酸素濃度計測器は歌丸さんの人さし指を挟みたりけむ

観衆が大笑ひせる「笑点」のテレビに一歳児けたけたわらふ

周囲《めぐり》をばどつと和ませ飲む酒の蓑島良二たち
まちに亡し

花吹雪さよならだけが人生と手を振つてゐる
蓑島良二

人はひとりの己れを生きてゆくなれば力士に
もそれぞれの運命あり

絞るやうに痰とたたかふ現身《うつしみ》を詠《うた》ふは子規に
近づかむため

レースのカーテンときをり緑の涼《りやう》を入れふく
らみ見する夏はきにけり

夏の雨

平成は続昭和なる三十年天皇の背に遍路が重なる

ステッキとしやれて言ふのはやめにして六根
清浄杖をつきゆく

貴志光代氏

水無月に逝きにし友にまだ若ききみを加ふる
けふのさびしさ

友の見舞の土筆の煮つけ五、六本贈りくれたり形見のやうに

夏の雨石を叩けりいつよりか訪れを待つわれとなりたり

美しき行為を人に見るたびに生きて甲斐ある
この世と思ふ

冷凍庫の左の函は氷片のざくざくとあるわが
家の氷《ひ》室《むろ》

おそらくは消したる歌の一千に支へられゐる
われならずやも

中秋の月

すらすらと雨戸が滑りやすくなるこのやうな
ことにも心の平和

君に会ふのは何回めだらうさうであつても再
会といふはよき言葉かな

うす青き彼岸の空よ大岡信《まこと》の名を忘れたる妻
をさびしむ

湯船にて死にし先輩を思ひゐて怖ろしくなって手摺を摑む

入浴を終へて大事業せしごとくつめたい栄養ドリンクを飲む

中秋の月との一《いち》会《ゑ》うす青きピアニッシモの雲
透きとほる

白萩と中秋の月との一会にて爽庵はいま天地
静寂

書斎

抒情詩には超えねばならぬ何かがある直観に
はた苦闘の末に

無理ダナ

十月二十一日

学徒出陣七十五年後の今日この日寧《やす》けき空に
後《のち》の月見つ

刻まれし文字つらなりてことばを成し意味な
して学徒出陣碑あり

ケアマネージャーわれの氏名をまづ問ひぬハ
シモトヨシノリと正しくこたふる

生年月日問はれて一瞬遅れたり西暦ならず昭
和で答へぬ

秋といふ季節にわれは生れたりもうすぐ冬が
くるといふころ

老われに遥けくつつまし遍路みち歩みし友ら
の思ひのそれぞれ

真夜中に痰に攻められ攻められて戦ひ済んで
ヨーグルトさがす

青森の大会に行かう四股踏んでからだ鍛へて
（カナリ無理ダナ）

ネクタイ

春夏秋冬　相聞挽歌　羇旅雑歌　日本に生れ
万葉集に会ふ

来嶋靖生よ読みたきに眼が読めぬなり『評註
柳田国男全短歌』

週二回ヘルパーさんの来る日なり働くといふ
目前に見る

黒猫のタンゴタンゴタンゴとそこのみを思ひ
ださせて黒猫がゆく

影のうへに影が映りてその影を小鳥の影が切
りて過ぎたり

有限は無限の区切り窓をゆく雲は静かに見えなくなりぬ

診察室の並ぶ廊下に待ちをれば看護師のみが姿よくゆく

紺碧の空なる色のネクタイを締めて出でよと
贈られにけり

時

若き日に節の歌を愛読し理《ことわり》ならず写生を学びき

長塚 節

一滴の過不足は心の奥にあり気づき得ざらば
推敲成らず

物象のそのひとひらと呼応する一瞬こそは歌
のかがやき

この一首詠み得たるとき思はずも手を打ちし
こと知る人あらず

「兄」といふ単語を容れぬ脳となりし弟の名
をちやんづけで呼ぶ

患者への感謝を言へり治験といふことばの奥
の研究者たち

わが視野にある樹木らはうすらかに天然の色
を失ひて立つ

うつしみの負とたたかへる朝からの時は過ぎ
つつ夕闇がくる

りんごの歌

失はれゆくはしんじつ辛けれど視覚聴覚超ゆ
る歌をこそ

死んでしまつた誰彼よりも生死について百倍
くらゐ考へてゐる

窓の桟の影屈折しわが膝を伸びて机上の時計
におよぶ

お頂戴の両手のかたちにすっぽりと赤くつめたく重たいリンゴ

国破れて山河はありきりんごの気持ちわかるとうたひしサトウ・ハチロー

命じられ命じられ命じられて美しい海に土砂
を投じる

新しい年号を利して軍拡に向かふならずや
「昭和」のごとく

来る年も広島長崎の子どもらの決意聞きたし
九十歳は

昭和の宿題

他者のせし決断を重き責《せめ》として慰霊の旅をつ
づけ来しひと

足音の遠ざかる昭和のいぢらしさまして戦中
戦後を知れば

烈風に耐へゐる木立の健気さは何しかも昭和
の戦後思はす

「昭和　昭和　昭和の子供よぼくたちは」、
消えざらむ昭和。わが畢るまで

昭和を六十年平成を三十年　まさしくも棒の
ごとく生き来し

寄り添へる天皇皇后　寄り添へる横田夫妻
昭和はつづく

四十年前、北朝鮮に拉致された少女めぐみさんの両親

重かりし昭和の課題背負ひ来し平成もやがて
次代へ移る

ちつちやな手

パソコンの文字読めぬ眼のいまわれは人に知
られず睨めつこする

雲ほそくおぼろになびく　眼球をぬぐへぬわ
れは眼鏡を拭ふ

三月銀杏の真下に立ちて仰ぐとき朦朧たる眼
に美が降りそそぐ

雲を樹木をステッキかかげなぞるなり朦朧たる眼の力業なり

絵画にも詩文にもある朦朧体　眼のもうろうも時に益《やう》あり

三月の舗道に午後の陽は射せりほてることな
く暮れゆくならむ

業者来て酸素ボンベを換へゆけりむなしき思
ひなしとせなくに

歌丸師匠の背後のボンベ十分に満たされてゐ
む酸素をおもふ

ゆく雲はいそぎてをらず急がずに酸素を吸ひ
て待つ人われは

少年時代褒められてよりよい姿勢褒められつづけてよろめく今は

薬局で大きな袋をわたされてなにか知らねど勇んで帰る

冷蔵庫のアラームきこえず妻がきてバクハツ
しますよと叱られにけり

のぼり得ぬ二階を見上げいちばん下の手摺に
つかまりリハビリをする

堂々たるグレーの雲がたたなづき浜木綿の葉
が不意にはばたく

子規居士よ痰とたたかふこの夜もわれは仏に
ならず済みたり

いろはにほへと　色は匂へど　なんとよくで
きたうたかとしばしばおもふ

ちつちやな手がつかまんとして縫ひぐるみま
た遠ざかり這ひ這ひつづく

子や孫の歓談きこえずさつきから緑児にわれ
はあやされてをり

お父さんがいつからかお祖父ちゃんとよばれ
曾孫生れてもそのまま、で、よい

大いなる力を若きふた親に与へつづけむこの
緑児は

荒野を残す

昭和断想

学生下宿緑館夜はしんとして部屋ごとにくら
き灯り漏れゐき

新宿区戸塚町

召集令状いつ届くかといふ時代いまおもふ緑
館の学生たちを

緑館の学生春は白線帽、兵学校生徒　その後
を知らず

旧制高校の多くは学帽に二条の白線を巻いてゐた

緑館に隣る一棟窓あらず江戸川乱歩もの書き
ゐしとぞ

「軍務公用につき至急お帰りください」と放
送に拍手おこりし両国国技館

辰年に生れしわが名に龍之介も候補のひとつにありしと聞けり

昭和三年

芥川は前年自殺「大菩薩峠」の机ははなはだ不気味

日の丸を胸に走りし孫《ソン》基《ギ》禎《ジョン》かれの苦衷は戦後に知りぬ

一九三六（昭和十一）年、ベルリン五輪金メダル

軍需工場で仲よかりし朴君も九十歳冬季五輪をどこで見てゐるか君は

炭酸マグネシウム粉塵のなかの汗みづき身を
粉《こ》にしてと笑ひしことも

勤労動員軍国少年のかの日々の思ひ渦巻きぼ
んやりとゐる

広島の勤労動員学徒の碑ゆきてひとりのわれ
立たせたし

六十五歳の若きわが友大学院の学びたのしみ
修士《マスター》となる

ヘルパーさんとなにをか妻の笑ひをりひそか
にわれは安らぎてをり

車窓にて買ひし釜飯そのお尻遺物となりてな
らぶこの庭

垣根の花見てゐてたまたま帰り来しこの家《や》の
夫人と昔語りす

手も足も出ぬといふ比喩手と眼とのバランス
とれず足の出ぬいま

クレーンは土を運べどこのわれに大空間は澄
みて音なし

真夜中に水を飲むわれ火のなかに水をもとめ
し人を思へり

三十年前立ちて見惚れき滝坂に御目欠けゐし
夕日観音

奈良

天寿といふ言葉ありたり父も母も天寿なりし
かさうと思はむ

日々の点眼忘れずにして生涯の最後の大事を
待つべかりけり

文語口語混じれる歌をゆるすわれ罪なすごと
き思ひ消し得ず

人生の機微なるものを歌に知りあなおもしろ
と拳ににぎりき

隆々たる幹弓なりにこのいまを雲のごとくに
花をかかぐる

さくら花天に架かれり人間を大切にするこの
国であれ

白雲は天にかかれりこの国に歌ありわれは歌
を尚ぶ

歌による表現者われ九十歳の胸にすこしく荒《くわう》
野《や》を残す

時間

九十年使ひ来し眼に感謝して失明といふ混沌
に入る

読むと書くとディスプレイ二台卓上に鉄壁なすに対峙す吾は

いのちの齢かさねきたりてわれは知るよろこびにそつと悲哀の添ふを

お勝手に焦らずに済む夕べなりなにはともあれ〝まごころ弁当〟

高砂の翁おうなのみやびにはほど遠かれどまあそれなりに

啄木を記憶のかぎり暗《そらん》じて九十歳の胸はかなしむ

啄木が十五の心吸はれける明治三十三年不来《こず》方《かた》の空

いのちなき雲に自在といふことば　ことばの
力思はする雲

緑児が幼子にうつりゆく時間海の日の出の速
度思はす

色のなき時間を四季は彩《いろ》ふなり霜月ふかく木
草落ちつく

未発表作品Ⅰ　二〇一八（平成三十）年詠艸

余情とは音楽ならむ無は有の余情つらねて音
楽は成る

無は有の象《かたち》をもたぬものなれば余情の発見は
音楽ならむ

昼間ありし幾つかのこと夜になりて聞かされ
てをり子どものやうに

美しきひとなりしかど声たてて笑ふことなき
さびしさを知る

憲法は不戦の誓ひ昭和初頭になにか似てくる
武力増強

里見八犬伝に挟まれてゐし父の写真印半纏大
八車

おいしい空気といふを思へり壜詰めの酸素を
吸ひて生きてゐる日々

米扁の糊の感覚右の手の人さし指の指先が知る

木彫りなる小さき判子大切なものに押しきて幾十年か

杖に頼る老の重さが夜の床をこつんこつんと
音立つるなり

室内の白壁に映る光《かげ》と影小窓の外は冬陽照り
ゐて

戦闘機海に突つ込む映像のひとついのちが繰
り返さるる

影ありて影は光を創造す冬木の影に光が躍る

Ⅱ

二〇一九（平成三十一）年

癇癪玉

失明は正直言つて辛いけれど失望への距離の
見えざるはよし

口ずさみ粥を煮てをり古《いにしへ》ゆやまとことばに春の七草

食べをへてやれやれと思ふ妻とふたりややや失敗の七草粥を

ま命はかぼそき管につながれて酸素ボンベと
同行二人

戦闘機百五十機空母一隻　平和憲法をもつ国
が購ふ

庭隅に埋《うづ》めおきたる癇癪玉二、三発石に叩き
つけむか

誰しもが持ち得るならぬ経験を負うてぞわれ
は見えぬ眼ひらく

薄雲は茜のいろに流れをり椿の紅《こう》は濃き蔭の
なか

近からず

今朝もまた広告が載るかるがるとわかるらし
くもああ歎異抄

若きより老に至るもわからざるままに尊しわが歎異抄

隣室の灯りが漏れてこの床に三角錐のするどき影成す

夢のなかで空腹感を覚えつつトーストパンが
匂ひてをりぬ

家の中を適度にあるき旨いものおいしく食べ
て春に向はむ

見えず聞えずのわれであることを時どき忘れ
る天晴れな妻

強引に詠んでそれとは気づかせぬ歌の境地は
まだ近からず

水琴窟

枝先に数枚の葉がふるへつつ細《ほそ》浮雲《うきぐも》をしばらく隠す

家持の雲雀の歌に感動し友は万葉集を読みそむ

弥生の空うす青色に澄みわたり　今　吾　咳の塊

灰とするも可と認《したた》めて文字通り灰とせし若き
日のノートの煙

友の電話聞こえず妻に代れるに笑ひなどして
終るのはいつ

眼をとぢて点眼をしてこぼれたるつめたきを
拭ふ何してるんだろ

このやうな自分の歌を詠む者は自分のほかに
ゐる筈がない

春なれや土に降り立ち精神の水琴窟をわが耳
は聞く

進路

二十歳《はたち》のわれ文語定型を当然のよろこびとして歌詠みそめし

教職と作歌を進路と定めたる単純に至るまで
の青春

眼疾の進路いよいよくもりきて朝の一歩を子
に支へらる

眼疾は草葉の色と競ひつつその下陰に進路は
見えず

悲観の梅干を楽観の白き飯に握り今生《こんじやう》最後
の進路へと発《た》つ

茫洋とはるけきかなた散策の進路の木立芽ぶ
きそめむか

おのがじし老いの進路は異なれどいづれは深
き収束の淵

未発表作品Ⅱ　二〇一九（平成三十一）年詠艸

薪の束積み上げてある美しさ一生《ひとよ》の仕事と憧れて見し

壮年期

啄木の釧路の歌の美しさ東京に冬の月見ておもふ

小山英明医師

機具持ち来て耳の手術をして呉れぬ平成三十年大晦日の宵

麻痺の足に贈りたまひしソックスにしつかり
包まれ年改まる

新元号讃へるならば憲法九条心に深くおもふ
が始め

中村三郎さん（一月二日死去・七日告別式）

深くふかくこの生を生きし友なりき年越えて
遂に力尽きしか

北は吹雪東京は月友ら起きて灯りのしたに歌
作りゐむ

薄青くひろき空なり山茶花は光となりてわが
眼《まなこ》射る

国のため死ねと言はれし世代いま長寿に対処
せよと言はるる

静かなる木立を見つつ詠まむかなおのづから
なる自励の歌を

夕月やけふ一日の身体の耐へたることをみづ
からに謝す

お茶殻を大切にして床に撒き掃除をしたる日常ありき

宙《そら》耳《みみ》に聞くと詠みける星のこゑ如何なと不意に問はれたりけり

十二月二日死去　佐田毅君

大晦日に告別式はなされしか君は七十七歳なりしと

君の著書「大岡博」の帯の文今生最後の百字と思ひて

温井松代著

一月二十三日夕刻

救急車のタイヤが路面の凹凸を踏むに痩せたる腰にひびくも

薬師寺の塔のうへなるひとひらの雲は時間となりて永遠《とこしへ》

大松竹を支へる君は日本大学芸術学部の学生
だつた

大空を嵌めたるごとき窓の下にわれのいのち
はつづきつつあり

見返してやるなどといふことばあり使ふこと
なき一《ひと》生《よ》幸せ

きさらぎのひびきの内に蔵さるるつよき薫り
の意志を愛する

朝の陽を眩しみにつつジーンズに足を通せり
豆まく日なり

おこりつぽき鬼を追ひだし柔らかき気持でゐ
よと豆をまくなり

わが指をしつかり握りバイバイする愛《いと》しき者
の顔が見えぬなり

しんどいがなほし残れる生なるか楽しみなさ
いと兼好言へりき

加湿器は一所懸命の姿にて噴霧のかたち崩しつつ噴く

杖は床をとんと叩けり酸素ボンベと同行二人のリハビリ百歩へ

今朝の眼は雪を見てをり思ひ出だけが通りす
ぎゆくあの詩のやうな

カーテンは折り目正しく垂れさがりま白き壁
の部屋を領せり

わが裡に深淵ありてみつめをり死を恋ふこころなしと言はなくに

「こんなにも歌は苦しんで詠むものか」「自分の歌だ。仕方なからう」

雪降りて玻璃の内《うち》外《そと》しづかなり文字拡大器は
痛む眼の友

寝たるまま短歌手帳に用ゐるは硬筆書写用鉛
筆６Ｂ

痩せるのはここまでにしてこれからは肥りゆくべし春近からむ

医療関係領収書いつしか厚くなり確定申告の季節めぐり来

人間が酸素を吸ひて生きてゐる存在なるを知りて日々あり

われはまだかなりしんどい人生の晩年をなほ生きてゆくらし

若きより定められたる人生の路はこれと疑はず往く

なるべく長く頭を下げてゐればよい恥なるものを忘れた日本人《われら》は

あぶなくて火の扱ひはもうできぬ厨房男子となりにけるかな

口語短歌に狎れゆくことを惧れつつ初心のころの歌を思へり

バランスの崩れて時に声に出す鬼よきたりて
われに豆打て

新しく成りたる垣を背景に小さき庭が美を加
へたり

借景が美を生む謂れなど思ふ小さき庭に垣根
が成りて

パソコンの大き文字すら見えずなりて更なる
異変を突きつけらるる

その物の存在感の薄るるは輪郭無くて平なる
ゆゑ

新しき垣根の向うを黒き笠三つ過ぎゆき黄の
傘急がず

詠み甲斐のある晩年と言ひさして晩年長く倦む日なしとせず

菊池伶司

天才的ひらめきの版画を世に遺し二十二歳を晩年とせし子

十両なる中途半端が番付にありて見事な役割を負ふ

短歌手帳枕の下に入るる即ちわれの脳から抜けたる一首

万象は光を受けて躍動しかげれば翳となりて
沈思す

やや長き大地の震へ収まりて石の肌のつつま
しく見ゆ

とてもとてもと思はず首を横にふる「稔りある人生」と書きくれし人に

歌一首得たる思ひに螺子廻し用ゐて小さな修繕果たす

この一首作りしか生みしか賜はりしか三月九日午前零時の快

光も影もかげ、といふなれ悲《ひ》と愛をかなし、といふは人智を越ゆる

われにいま酸素を送りつづけゐる使命をもちて濃縮器在り

祈る者は闘ふ者と一つにて即ち病める現身《うつしみ》の歌

平成三十一年四月の歌（未定稿）

われにとつて歌は祈りであることも闘ひであ
ること一つ真実

死を願ふ一瞬胸を走りけむ身近かな人として
空穂を思ふ

まだ見える聞こえるが　もうみえぬきこえぬ
に　移りゆくなり　しんしんとして

かすかにもつなぎゐし希み潰えたり診療室に
礼《ゐや》して退《さが》る

不意の胸の騒がしくなるに気づけるは庭にゆ
れたる浜木綿にか

人生の最果てにきくるしむはよき人生への挨
拶ならむ

何もかもして貰ふ身になつてきて卑屈になる
なと内なる鬼が言ふ

われの眼はわが身にあれど眼が克つか現身《うつしみ》が
勝つか楽しきごとし

橋本喜典略年譜

昭和三年（一九二八）

十一月十一日、東京府荏原郡代田橋（現世田谷区）に、清吉、久米の長男として生まれる。幼時、淀橋区（現新宿区）戸塚二丁目に転居。長じてのちもこの町への愛着はつよい。父は株式会社清水組（現清水建設）社員、のち深川にて木材会社経営。

昭和十年（一九三五）7歳

美芳幼稚園を経て戸塚第二小学校に入学。一級上に馬場あき子氏のいたことをのちに知る。

昭和十三年（一九三八）10歳

小学四年生の時、紫斑病にて長期欠席。

昭和十五年（一九四〇）12歳

十月、豊島区椎名町六丁目（現南長崎四丁目）に転居。

昭和十六年（一九四一）13歳

四月、第三東京市立中学校（現東京都立文京高等学校）に入学。創立二年目の中学校ですさまじい軍国主義教育だったが、河野孝光先生（国語）、山川喜久男先生（英語）の人格的影響を受ける。

十二月八日、太平洋戦争勃発。この夜、猩紅熱にて府立豊島病院に入院。

昭和十九年（一九四四）16歳

七月、板橋区志村坂下の軍需工場（日本マグネシウム）に学徒動員。朝鮮から強制連行されてきた同年齢の少年たちのみじめさに、初めて民族的悲劇を知る。漢詩百首を選び『愛国百人一首』を編む。

昭和二十年（一九四五）17歳

三月、中学校を卒業するも引き続き右の工場で働く。

七月、第二早稲田高等学院に入学。三鷹の軍需工場（中島飛行機）に動員。レントゲン検査で胸部疾患が発見される。軍事教官から「この不忠者め」と罵られ、自宅待機を命じられる。

八月十五日、自宅にて母と終戦の詔勅を聞く。肋膜炎の診断を受け休学。

昭和二十一年（一九四六）18歳

四月、第二早稲田高等学院一年に復学。七月、近隣の同年齢の青年たちと子どもクラブ「新緑会」を結成、活動をする（結成時二十七名。四年後解散時、百二十名余）。八月、恩師河野孝光先生、逝去。

昭和二十二年（一九四七）19歳

戦時中に受けた教育の鋳型から脱けられず、いかに生きるべきかに苦しむ。子ども会活動の傍ら写経に没頭、宗教書を読む。十月、早稲田大学文学部地下の売店で「まひる野」を手にし、そこに並ぶ歌に衝撃を受ける。

昭和二十三年（一九四八）20歳

八月、意を決して文京区雑司ヶ谷（現目白台）に窪田章一郎先生を訪ね入門。まひる野会員となる。先輩に武川忠一・川口常孝・岩田正・横山三樹・馬場あき子・筑波杏明氏らがいて、以後ながく刺激を受ける。早大短歌会にも入会。

十一月、窪田空穂先生から、持参した短歌の批評を受け、励ましの言葉をいただき、生きる方途に示唆を得る。

昭和二十四年（一九四九）21歳

「まひる野」の編集を手伝う。四月、早稲田大学文学部国文科（新学制により三年）に入学。土岐善麿・服部嘉香・岩本堅一（素白）・金田一京助・暉峻康隆・中村俊定・稲垣達郎・窪田章一郎の諸先生の講義を受ける。また、のちに研究者として多くの業績を挙げるすぐれた学友に恵まれる。夏、鎌倉由比ヶ浜の海の家にてアルバイト。

昭和二十五年（一九五〇）22歳

六月、自然気胸を起こし入院。肺結核と診断される。大学は休学。肋骨数本の切除を勧められたが辞して、自宅療養。

昭和二十七年（一九五二）24歳

「まひる野」に発表した昭和二十五年度作品五十首により第二回半田良平賞受賞。授賞式（大隈会館）には父と次弟が代理出席。

昭和二十八年（一九五三）25歳

病気癒え、四月、文学部四年に復学。

十二月一日、早稲田中学校・高等学校非常勤講師となる。

昭和二十九年（一九五四）26歳

三月、早稲田大学卒業。四月、早稲田中学校・高等学校教諭。

昭和三十年（一九五五）27歳

十月、第一歌集『冬の旅』（まひる野会）刊。

昭和三十一年（一九五六）28歳

青年歌人会議に参加。他結社の意気盛んな歌人たちを知る。

昭和三十二年（一九五七）29歳

二月三日、西江定・佐和子の長女敬子と結婚。板橋区茂呂町（現小茂根）に新居を定める。十一月、長女悦子誕生。

昭和三十四年（一九五九）31歳

五月、次女祐子誕生。

昭和三十七年（一九六二）34歳

三月、痔疾手術。六月、まひる野会事務所を担当（同四十七年まで）。

昭和三十九年（一九六四）36歳

四月、第二歌集『思惟の花』（新星書房）刊。

昭和四十二年（一九六七）39歳

四月十二日、窪田空穂先生、逝去。

昭和四十八年（一九七三）45歳

四月、早稲田大学文学部非常勤講師兼任（以後、平成二年まで文学部・教育学部に通算十四年間出講）。

昭和五十一年（一九七六）48歳

九月、早稲田中学校教頭。山路平四郎・窪田章一郎編『初期万葉』『柿本人麻呂』（シリーズ古代の文学・早稲田大学出版部）、『わが愛する歌人』（有斐閣）その他に執筆。この頃より短歌史、入門書、辞典類等に執筆多く、また文京区成人学級、毎日短歌通信添削教室、その他、講師としての出講が多くなる。

昭和五十二年（一九七七）49歳

七月、第三歌集『黎樹』（新星書房）刊。七月十二日、母死去（72歳）。十二月九日、父死去（76歳）。

昭和五十六年（一九八一）53歳

秋、十二指腸潰瘍、入院（東京武蔵野病院）。

昭和五十七年（一九八二）54歳
先に岩田正・馬場あき子両氏が「まひる野」を退会して「かりん」を創刊（昭53）したが、この年、武川忠一氏が退会して「音」を創刊。以後、篠弘氏とともに窪田章一郎先生を補佐して「まひる野」の運営・編集に努めることとなる。

昭和五十九年（一九八四）56歳
八月、第四歌集『地上の問』（新星書房）刊。

昭和六十一年（一九八六）58歳
三月、痔疾手術（社会保険中央総合病院）。

昭和六十二年（一九八七）59歳
四月、早稲田中学校・高等学校副校長。十一月、選集『橋本喜典歌集』（芸風書院）刊。

平成元年（一九八九）61歳
十一月一日、末弟敬、解離性大動脈瘤にて逝く（51歳）。

平成二年（一九九〇）62歳
六月、第五歌集『去来』（短歌新聞社）刊。
十一月二十六日、校長室にて倒れ国立病院医療センター（現国立国際医療研究センター）に入院。解離性大動脈瘤。

平成三年（一九九一）63歳
三月、退院。四月より休職。

平成六年（一九九四）66歳
三月、早稲田中学校・高等学校を定年により退職。四月、まひる野近畿支部総会に出席。PL教団空穂桜を鑑賞。弘川寺にて西行墓碑参拝。
十一月、第六歌集『無冠』（不識書院）刊。

平成七年（一九九五）67歳
四月、NHK文化センター川越教室に出講。
五月『無冠』により第二十二回日本歌人クラブ賞受賞。新潟支部歌会に出席。宮柊二記念館見学。

平成八年（一九九六）68歳
十月、朝日カルチャー湘南教室にて集中講座（会津八一について四回）。

平成九年（一九九七）69歳
六月、旭川・富良野（風景画館）・札幌行。
青森県三沢飛行場より寺山修司記念館を訪ね北里大学獣医学部に学ぶ甥を訪ね十和田る。

湖畔休屋《やすみや》に遊ぶ。
九月、窪田空穂記念館短歌講座講師。以降、ほぼ隔年ごとに出講。上田の無言館見学。
十月、早大文学部出講時の教え子七名（男子四名）に誘われ法師温泉に游ぶ。

平成十年（一九九八）70歳
八月、『歌人窪田章一郎―生活と歌―』（短歌新聞社）刊。
九月、窪田章一郎先生、自宅にて倒れ、都立大塚病院に入院。急遽「まひる野」発行所を受け持つ。
十一月、早稲田高等学校の教え子たちに「授業」、終了後〈己輝《こき》〉を祝われる（椿山荘）。

平成十一年（一九九九）71歳
五月、川越の名刹養寿院における第一回曲水の宴に歌人として加わる。以後長くこの行事に関わる。

平成十二年（二〇〇〇）72歳
二月、評論集『短歌憧憬』（短歌新聞社）刊。

平成十三年（二〇〇一）73歳
一月二十六日、兄事してきた川口常孝氏逝去。四月十五日、窪田章一郎先生逝去。十八日、護国寺桂昌殿にて葬儀。まひる野会を代表して弔辞を献げる。六月、まひる野会の会則を改訂し、代表篠弘氏、編集・運営委員長橋本の体制にて新発足。
八月、「八・一五歌人の集い」に「私の八月」と題して講演（アルカディア市ヶ谷）。

平成十四年（二〇〇二）74歳
四月、「まひる野・窪田章一郎追悼号」、八月、章一郎エッセイ集『樹下雑筆』（短歌新聞社）のそれぞれ編集の中心となり霊前に献げる。

平成十五年（二〇〇三）75歳
二月三日、国立国際医療センター（現国立国際医療研究センター）に入院、両眼の白内障手術を受ける。
七月、第七歌集『一己』（短歌新聞社）刊。
十月、小淵沢、小淵の森（現北杜市）に建つフィリア美術館でケーテ・コルヴィッツの《悲母像》に遭う。

平成十六年（二〇〇四）76歳

三月、長野県上田市生島足島神社《いくしまたるしま》に短歌作品「郷の祭」三十首を奉納。書は醍醐和氏。昭和五十五年、同神社の御柱大祭を詠んだもの（『地上の問』所収）。
三月末日、両足浮腫のため歩行困難となり国立国際医療センター（現国立国際医療研究センター）に入院（二十二日間）、諸検査の末、原因不明のまま退院。
七月、『一己』により第四回短歌四季大賞受賞。十月、宮城県気仙沼市の落合直文全国短歌大会にて講演・歌評。

平成十七年（二〇〇五）77歳

四月、第一歌集『冬の旅』（短歌新聞社文庫版）刊。

平成十八年（二〇〇六）78歳

七月、『窪田章一郎二百首』（編著）（短歌新聞社）刊。

平成二十年（二〇〇八）80歳

十一月、第八歌集『悲母像』（短歌新聞社）刊。

平成二十一年（二〇〇九）81歳

四月、『悲母像』により第十六回「短歌新聞社賞」受賞（中野サンプラザ）。
五月、同歌集により第二十四回「詩歌文学館賞」受賞（北上市、日本現代詩歌文学館）。

平成二十二年（二〇一〇）82歳

昭和四十四年に没した川浪磐根氏より生前預かっていた小説『山童記』（昭和五十年、国文社より刊）の原稿その他を郷里佐賀の市立図書館に寄贈する。武雄市の園田節子氏の尽力による。佐賀および長崎をめぐる。

平成二十三年（二〇一一）83歳

三月十一日、高円寺の大成文化センターにて木耀会（短歌勉強会）がそろそろ終わりに近い午後二時四十六分、大地震（東日本大震災）。千年に一度と言われる大津波。福島第一原発の惨事発生。高円寺駅は電車うごかず、あふれんばかりの人。守嶋美禰子さんの咄嗟のはからいで見知らぬ人の車に乗り、帰宅。
書斎は崩れた書物の山。

平成二十四年（二〇一二）84歳

三月末よりしばしば呼吸困難となり、四月六日、練馬総合病院に入院。ＣＯＰＤ慢性閉塞性肺疾患（肺気腫）と診断される。十日後退院。終焉を覚悟するような呼吸困難、いく度かあり。寝室を階下に移す。

「短歌」（角川書店）四月号より「名歌で学ぶ文語文法」連載開始（平成二十七年四月号まで）。九月一日、第九歌集『な忘れそ』（角川書店）刊。

十二月、まひる野会発行所を大下一真氏方に移動。編集・運営委員を退任。

平成二十七年（二〇一五）87歳

四月、庭の西寄りに書斎兼寝室の工事始まる。

八月末、妻、屋内にて転び大腿骨骨折、約四ヶ月入院。

九月、第五十一回「短歌研究賞」受賞。如水会館（「短歌」平成二十六年八月号発表の「わが歌」三十一首による）。

平成二十八年（二〇一六）88歳

三月、『自然と身につく　名歌で学ぶ文語文法』（角川書店）刊。四月『続短歌憧憬』（現代短歌社）刊。

五月二十八日、松本市内田の牛伏寺に歌碑建立。早稲田中学校・高等学校教え子有志諸君の熱意による。酸素ボンベを携え車椅子で出席。

十一月十一日、第十歌集『行きて帰る』（短歌研究社）刊。

平成二十九年（二〇一七）89歳

『行きて帰る』により、第二十八回「齋藤茂吉短歌文学賞」受賞。五月十四日、山形県上山市体育文化センターにて、授賞式。酸素ボンベと車椅子で出席する。祝賀会（月岡ホテル）。

六月四日より一週間、練馬総合病院に入院。

六月三十日、同歌集により、第五十一回「迢空賞」受賞。飯田橋のホテルメトロポリタンエドモントでの授賞式に出席。

平成三十年（二〇一八）90歳

二月までの二年数ヶ月の歌をまとめる。歌集名『聖木立』、三月末、角川に入稿。

四月二十九日、春の叙勲で「旭日小綬章」（芸術・文化部門）受勲。伝達式五月十一日

国立劇場にて。悦子（本人代理）・祐子出席。

六月、緑内障の症状が悪化したため、朝倉眼鏡店にて拡大読書器購入。

八月一日、第十一歌集『聖木立』（角川書店）刊。同二十五日、第六十五回まひる野全国大会（懇親会のみ）に出席、参加者全員に新歌集を贈る。

十一月九日、早稲田高等学校六十一回生十名、誕生日祝いに来訪。十日、長女・次女一家、孫・曾孫たちに卒寿を祝われる。十一日、満九十歳。失明を自覚し「九十年使ひ来し眼に感謝して失明といふ混沌に入る」と詠む。

十二月三十一日、教え子の耳鼻科医師小山英明ドクターにより、難聴の進んだ耳の治療を自宅で受ける。

平成三十一年・令和元年（二〇一九）

一月二十三日、肺気腫による呼吸困難により、練馬総合病院に入院（三十日まで）。

三月十七日、室内で転び、練馬総合病院に入院。自らの希望により、二日後に退院。翌日より、在宅医療体制（ホームドクター林滋医師）となる。

四月三日、順天堂練馬病院にて緑内障検査を受ける。眼科手術不可能と診断される。教え子の佐藤義忠氏に、最後まで送迎の世話になる。

四月七日、「平成31年4月の歌」と題したまひる野の歌稿（八首）を、拡大読書器を駆使して原稿用紙に鉛筆書きで自ら清書する。短歌手帳に鉛筆を挟んで枕の下に入れ、就寝。

四月八日早朝、自宅にて永眠。享年九十歳。

四月十三日、自宅の庭を望む書斎兼寝室にて家族葬。

七月二十四日、アルカディア市ヶ谷にて、まひる野会主催による偲ぶ会。出席者九十六名。

七月二十八日、大隈会館楠亭にて、早稲田中学校・高等学校の教え子達の主催による偲ぶ会。出席者百四十三名。

九月二十八日、納骨（狭山湖畔霊園）。

出典一覧

I

わが眼	「まひる野」	二〇一八（平成三十）年五月号
かなしき玩具	「まひる野」	二〇一八（平成三十）年六月号
余情	「まひる野」	二〇一八（平成三十）年七月号
あなおもしろ（古語拾遺）	「まひる野」	二〇一八（平成三十）年八月号
近づかむため	「まひる野」	二〇一八（平成三十）年九月号
夏の雨	「まひる野」	二〇一八（平成三十）年十月号
中秋の月	「まひる野」	二〇一八（平成三十）年十一月号
無理ダナ	「まひる野」	二〇一八（平成三十）年十二月号
ネクタイ	「まひる野」	二〇一九（平成三十一）年一月号
時	「まひる野」	二〇一九（平成三十一）年二月号
りんごの歌	「まひる野」	二〇一九（平成三十一）年三月号
昭和の宿題	「短歌研究」	二〇一八（平成三十）年五月号
ちつちやな手	「歌壇」	二〇一八（平成三十）年六月号
荒野を残す	「短歌」	二〇一八（平成三十）年六月号

II

時間　「短歌」　二〇一九（平成三十一）年一月号

未発表作品I　二〇一八（平成三十）年詠艸

※作者原稿・PCファイル（印刷されたワードによる歌稿に一首のみ作者による推敲あり）

瘰癧玉　「まひる野」　二〇一九（平成三十一）年四月号

近からず　「まひる野」　二〇一九（令和元）年五月号

水琴窟　「まひる野」　二〇一九（令和元）年六月号

進路　「短歌研究」　二〇一九（令和元）年六月号

※平成三十一年三月二十六日消印で郵送されてきた、橋本喜典さんの最後の作品とエッセイです。（「短歌研究」編集部メモ）

未発表作品II　二〇一九（平成三十一）年詠艸

※作者原稿・PCファイル・五十四首（印刷された歌稿に作者による推敲あり）

原稿用紙に手書き・五首

平成三十一年四月の歌　「まひる野」　二〇一九（令和元）年七月号

※作者原稿・四月七日に原稿用紙に手書き・八首

あとがき

橋本喜典の最晩年の約一年間の作品、二六三首が収められています。若い頃から数多くの病を経験した父喜典が晩年患ったのは、肺気腫（ＣＯＰＤ）でした。また、緑内障の進行により最終的にはほとんどの視野を失い、かなりの聴力も失ったことによって、身辺の煩わしさには気を留めず、静かな日々を過ごしておりました。

二〇一九年四月七日、私は、前日まで両親の介護で泊まっていた妹と交代いたしました。居間で夕食を済ませ、酸素吸入の長い管と父の手を引いて寝室に向かうと、父は私を読書拡大器の乗っている机の方へ誘いました。「今日、自分で清書したんだよ」と言って取り出したのは、本書に掲載した最後の八首がぎこちないながらもていねいに鉛筆書きされている原稿用紙でした。それを、読書拡大器の上に乗せてディスプレイに文字を大きく映し出しながら、父は三首ほどたどたどしく声に出して読み、首を傾げて「まだだね」と言いました。そして、機器の電気を消し、その原稿用紙をファイルに挟み、机上のブックエンドにしまいました。その翌朝、父は、静かに永遠の眠りについたのです。

後日、ブックエンドを確認すると、「第十二歌集を編むときⅠに置くべき歌。但し、要推敲整理（31、2記）」「Ⅱに置く歌。要推敲整理（31、2）」とそれぞれ書かれたファイルに、完成に近い形に編集された歌集の原稿が収められていました。また、父の依頼で新藤雅章さん及び伊藤いずみさんがパソコンで清書してくださった父の誕生から二〇一八年十一月十一日までの年譜が収められているファイルもありました。これらに手を加え、本書の形となりました。

遺歌集をまとめるにあたり、「まひる野」の大下一真先生に監修および校正をお願いいたしました。『聖木立以後』の表題も大下先生に戴いたものです。深く御礼申し上げます。また、無理をお願いして、短期間に本書を丁寧に仕上げてくださった角川文化振興財団の矢野敦志さん、打田翼さんに心より御礼申し上げます。さらに、母敬子が色鉛筆で描いた庭の草花をモチーフに、装丁を手掛けてくださった南一夫さんにも御礼申し上げます。最後に、佐怒賀の協力に感謝するとともに、お力添えくださった方々に感謝いたします。

二〇二一年四月八日　喜典の三回忌の日に

佐怒賀悦子（長女）
進士　祐子（次女）

歌集 聖木立以後《せいこだちいご》

まひる野叢書383篇

2021年6月25日　初版発行

著　者　橋本喜典

発行者　宍戸健司

発　行　公益財団法人 角川文化振興財団

〒359-0023 埼玉県所沢市東所沢和田3-31-3
ところざわサクラタウン 角川武蔵野ミュージアム
電話 04-2003-8717
https://www.kadokawa-zaidan.or.jp/

発　売　株式会社 KADOKAWA

〒102-8177 東京都千代田区富士見2-13-3
電話 0570-002-301（ナビダイヤル）
https://www.kadokawa.co.jp/

印刷製本　中央精版印刷株式会社

 ISBN978-4-04-884427-7 C0092